Audrey Niffenegger

Drei Schwestern

Aus dem amerikanischen von
Brigitte Jakobeit

S. Fischer

Die Originalausgabe erschien 2005
unter dem Titel »The Three Incestuous Sisters«
im Verlag Harry N. Abrams, Inc., New York

Satz: MedienTeam Berger, Ellwangen
Printed and bound in China
ISBN 13:978-3-10-052404-1
ISBN 3-10-052404-7

Dieses Buch widme ich mit Liebe

meinen Schwestern

Beth und Jonelle Niffenegger

Bettine

Es waren einmal drei Schwestern:
Clothilde, Ophile und Bettine.

Sie lebten gemeinsam in
einem einsamen Haus am Meer,
weit entfernt von der Stadt,
neben dem Leuchtturm.

Bettine, die jüngste, hatte blonde
Haare und galt als die hübscheste Schwester.
Ophile, die älteste, hatte blaue Haare
und wurde für die klügste gehalten.
Und Clothilde hatte rote Haare, war in der Mitte
und die begabteste Schwester.

Langsam hebt sich der Vorhang, die Geschichte beginnt mit einem heraufziehenden Sturm.

Das Haus muss geschlossen werden
vor dem drohenden Sturm;
Bettine geht von einem Fenster
zum nächsten und schließt sie
vor dem nahenden Regen,
nur die Tür lässt sie offen,
um den kühlen Wind einzulassen.

Der Tod des alten
Leuchtturmwärters
durch Blitzschlag:

Ach, wie schrecklich und überaus traurig.
Der arme alte Mann, wir müssen
seinen Sohn holen.

Paris tritt auf,
der Sohn des
Leuchtturmwärters.

Pech: Bettine.

Pech: Ophile.

Pech: Clothilde.

Ein paar Tage später
beim Frühstück versucht sich Clothilde
in der Kunst der Levitation.

Paris entscheidet sich:

Tee im alten Kinderzimmer.

Ophile beobachtet die beiden heimlich und merkt,
sie ist eifersüchtig und verwirrt.

Clothilde in ihrer eigenen kleinen Welt:

Clothilde weiß, die Vögel
verursachen ihren Kopfschmerz, sie verwenden
ihre Haare zum Nestbau.
Deshalb bewahrt sie die Haare in Gläsern auf
und versteckt sie im Schrank.
Aber ihr Leiden hält an.

Clothildes Kopfschmerz:

Nur noch ein Haar ist übrig,
ein Vogel lauert.

Wieder ein schöner Tag.

Ein Kuss.

Ophile, voller Kummer und Gram.

Sie ist gemein zu Bettine.

Paris vermittelt.

Ophile fühlt sich elend,
klein und allein.

In Bettines Schlafzimmer:

Clothilde, hingerissen.

Die Empfängnis:

Danach:

Viele Wochen später;
Clothilde und ihr Neffe
halten spät nachts Zwiesprache.

Die Astronomiestunde:

Die Mathematikstunde:

2+2=4
5+5=10
7+7=14
9×9=81

Den Dingen einen Namen geben:

Die junge Liebe zwischen
Paris und Bettine.

drum
thread
bird
flowers
spectacles
clock
stockings
scissors
dragonfly
leaf
toaster
mouse
ashtray
bow
brick
teacup
razor
buttons
earrings
butterfly
spoon
fork
snake
hammer
ball
cat
candle
baby
glove
book
hat
fish
grapes
apple
necktie
tortoise
bowl
knife
bug
shoe
duckie
teddy
bear
egg
news
paper
swiss
cheese
horse
tree
tomato
hair
brush
globe
measuring
tape
paint
brush
rattle

Die Flugstunde:

Wenn du groß bist, wirst du fliegen wie ein Vogel,
hinweg über die Köpfe aller Menschen, über Bäume
und Häuser, und alle werden denken, du bist
ein Engel oder ein Teufel. Sie werden Angst vor dir haben
und dich beschimpfen, doch dein richtiger Name ist
Der Heilige, denn du bist vollkommen und wirst geliebt.

Ophile

Ophile merkt, dass
Bettine schwanger ist.

Sie ist gemein zu Bettine.

Ophile gesteht ihre
Liebe, wird zurückgewiesen.

Geht, verlasst dieses Haus!

Sie fliehen in die Stadt,
werden aber verfolgt.

Ophiles Rache:

Ein Feuerwerkskörper im
Kinderwagen!

Verwechslung der Personen.

Ophile, entsetzt.

Clothilde, entsetzt.

Gerettet, aber zu spät.

Panik!

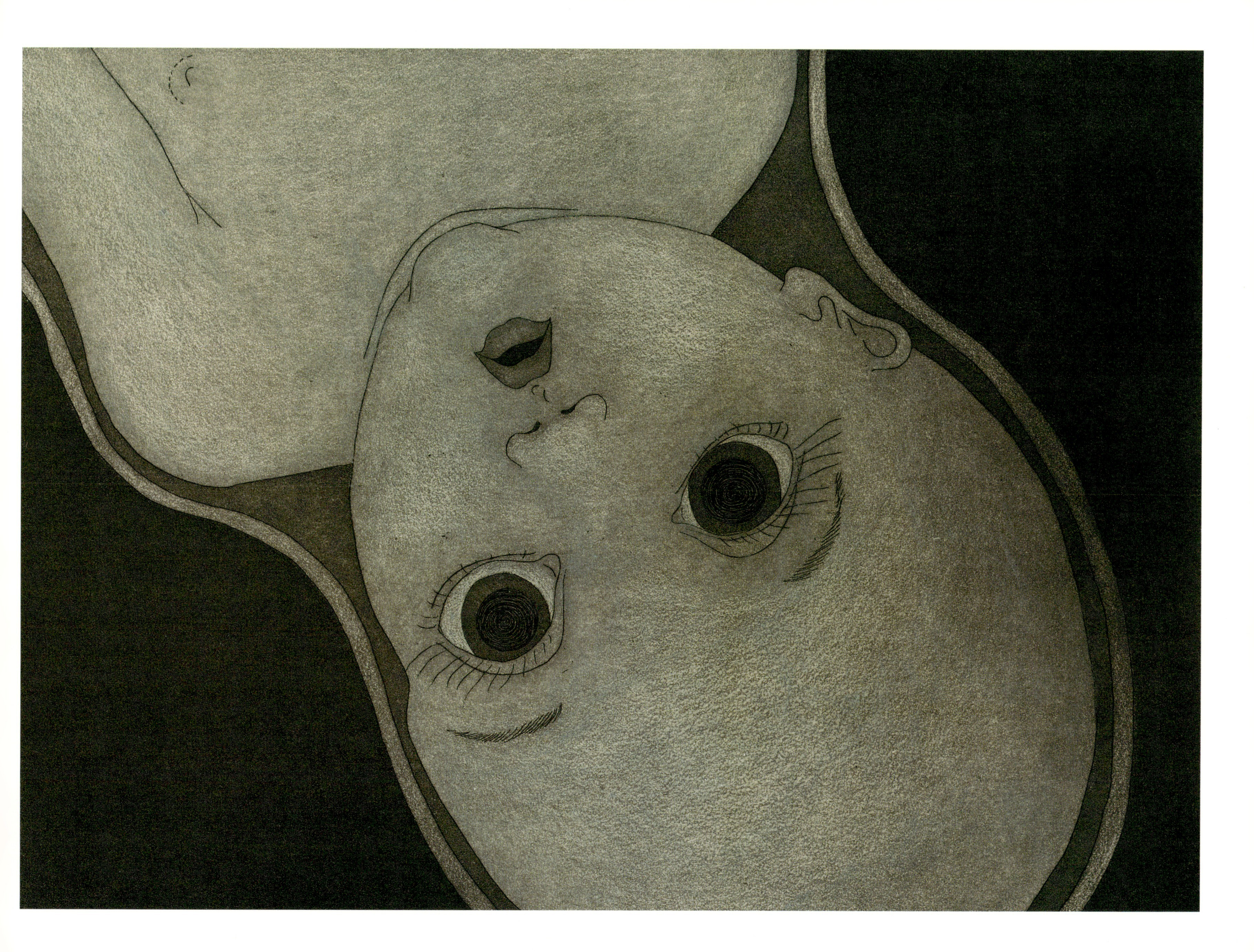

Die Geburt des Heiligen.

Der Tod von Bettine.

Wut und Kummer;
Bitte um Vergebung.

Paris flieht aufs Meer.

Fort, seine leise Stimme, für immer fort.

Ophile wartet, dass
Paris' Schiff zurückkommt.

Verfolgt.

Verfolgt.

Ophile wird von den Geistern ihrer Eltern verurteilt.

Von Reue überwältigt,
stürzt sich Ophile
vom Leuchtturm.

Immer tiefer versinkt sie
in Trauer und im Meer.

Clothilde

Viele Jahre vergehen.
Clothilde lebt betrübt
und allein im Haus.

Plötzlich, eines Tages,
hört sie eine Stimme:
Hier bin ich, hier bin ich!
Ich bin nicht tot! Komm
in die Stadt, Clothilde!

Der Zirkus kommt in die Stadt.

ANGEL
or
DEVIL?

Eine Zirkusparade.

ANGEL
OR
DEVIL

Die Sensation, ein fliegender junger Mann!

Befreiung.

Er liest ihre Gedanken
wie ein Buch.

Der Heilige erzählt Clothilde seine Geschichte:

Sei nicht traurig, sieh nur!

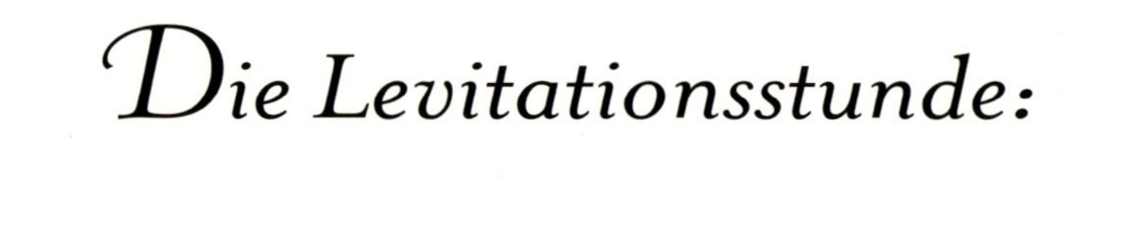

Die Levitationsstunde:

Die Unsichtbarkeitsstunde:

Die Flugstunde:
Endlich kann ich fliegen wie ein Vogel,
über alle Häuser und Bäume hinweg.

Ein Ausflug zum Aquarium:
Da ist jemand, den du treffen solltest.

Dein Vater.

Paris wird ohnmächtig.

Wiedervereinigung.

Und die ganze Zeit
dachten wir, du seist tot …

Heimkehr.

Viele Umarmungen:

Die drei Schwestern:

Ende

Nachwort

Dieses Buch kommt aus meinem Herzen, es ist ein Werk, in dem vierzehn Jahre Liebe stecken.

Die erste Buchwerdung erfuhren die Drei Schwestern *als Kunstbuch in einer handgebundenen Ausgabe von zehn Exemplaren. Ich erfand die Geschichte in Bildern und skizzierte Seite für Seite den Ablauf, ähnlich einem Regisseur, der sein Storyboard für einen Film ausarbeitet. Ich schrieb den Text, und je vielschichtiger die Bilder wurden, umso mehr schrumpfte der Text, bis die Bilder das Gewicht der Geschichte trugen. In den folgenden dreizehn Jahren arbeitete ich vorwiegend an den Aquatinten, entwarf das Buch, setzte und druckte den Text. Das letzte Jahr des Projekts verbrachte ich damit, die Bücher mit viel Hingabe in Leder zu binden. Ich mache Bücher, weil ich sie als Gegenstand mag, weil ich Bilder und Wörter zusammenbringen, weil ich eine Geschichte erzählen will. Ich nenne meine Bücher* visuelle Romane*, um damit einen besonderen Dank an Lynd Ward auszusprechen, dessen »Holzschnittroman«* Gods' Man *das erste Buch dieser Art war, das ich jemals sah, und um meine Bücher von illustrierten Romanen zu unterscheiden.*

Die Bilder sind Aquatinten. Sie entstehen, indem man eine Zinkplatte mit einem säurebeständigen Lackgrund überzieht, dann wird die Zeichnung mit einer Nadel in den Grund geritzt und die Platte in ein Salpetersäurebad getaucht, um die Linien der Zeichnung in die Platte einzuätzen. Um Zwischentöne zu erzielen, bringt man feinen Harzstaub auf der Platte zum Schmelzen. Ich decke Partien ab, die nicht geätzt werden sollen, dann wird die Platte in mehreren Schritten in das Säurebad gelegt. Ich arbeite spiegelverkehrt und weiß erst, wenn ich sie gedruckt habe, was wirklich auf der Platte ist. Jeder einzelne Druck ist mit Wasserfarben koloriert. Die Aquatintatechnik ist ein hochsensibles, altes Verfahren, und genau deshalb mag ich sie so gern.

Einer meiner Lehrer lud mich und meine Klassenkameraden einmal in sein Atelier ein. Er arbeitete an sechs Bildern gleichzeitig, und als jemand nach dem Grund dafür fragte, erklärte er, dass er ein Bild in einer Woche machen könne oder aber sechs Bilder in sechs Wochen. Er bevorzuge Letzteres, weil dann alle Bilder über eine längere Zeitspanne seines Lebens entstünden und das Endergebnis befriedigender sei. Ich musste oft daran denken, als mich die Arbeit an Drei Schwestern *gefangen hielt, denn auch dieses Projekt entwickelte sich im Laufe der Zeit und mit dem schrittweisen Wandel meines Könnens und meiner schöpferischen Phantasie.*

Während ich an Drei Schwestern *arbeitete, ging ich zur Uni, zog um, rief zusammen mit Pamela Barrie die Künstlergruppe Green Window Printers ins Leben und zog neun Jahre später mit ihnen um, war fünfmal in Europa und hatte acht Einzelausstellungen, vier Beziehungen, drei Katzen und mehrere hundert Studenten. Außerdem begann ich mit meinem ersten »richtigen« Roman* Die Frau des Zeitreisenden, *und das in einer Phase, als ich eigentlich dieses Buch hätte beenden sollen.*

Wenn ich Drei Schwestern *jemandem erklären will, der Geschichte und Bilder nicht kennt, sage ich, er soll sich einen aus japanischen Drucken gemachten Stummfilm vorstellen, ein melodramatisches Stück über Geschwisterrivalität, eine stille Oper, die Frauen mit sehr langen Haaren und einen fliegenden grünen jungen Mann zeigt. Ich versuche nie die Bedeutung zu erklären – die kann man selbst herausfinden. Ich freue mich, dass mein Buch den langen Weg von mir zu Ihnen gefunden hat. Viel Spaß.*

Audrey Niffenegger, November 2004

Dank

Drei Schwestern *ist ein Buch mit einem Doppelleben: es nahm seinen Anfang als handgedrucktes Kunstwerk und ist jetzt das Buch, das Sie in Händen halten, eine Arbeit, die mit Hilfe moderner Drucktechnik und dank des guten Willens vieler Menschen verwirklicht werden konnte.*

Diese Ausgabe von Drei Schwestern *würde es ohne die Phantasie und Ausdauer von Tamar Brazis, Howard Reeves, Celina Carvalho und Becky Terhune von Harry N. Abrams nicht geben. Dan Franklin von Jonathan Cape war der Erste, der »Ja« sagte. Er gab mir Hoffnung, dass mein Projekt möglich ist und hat mich immer ermutigt und unterstützt. Und Joseph Regal ist der Magier, denn er hat diese Ausgabe heraufbeschworen, nachdem ich fast schon aufgab. Ich danke euch allen.*

Zur Entstehung des ursprünglichen Buches haben sehr viele Menschen und Einrichtungen beigetragen. Ich erhielt Stipendien von der Vogelstein Foundation und dem Union League Club. In den Räumen der Ragdale Foundation durfte ich mich in kritischen Phasen zur Arbeit zurückziehen; das Evanston Art Center und die Northwestern University ermöglichten mir die Einrichtung einer Druckwerkstatt. Ich danke Sid Block und Bob Hiebert von Printworks Gallery für ihre Geduld, ihren Humor und ihre unendlich vielfältigen Bemühungen; Marilyn Sward, meiner Freundin und Mentorin; Andrea Peterson und Jon Hook, die das Papier für die

Originalausgabe herstellten; meinen Lehrern Heinke Pensky, Adam und Philip Chen; und Pamela Barrie, Bill Frederick, Paul Gehl, Mary Kennedy, Riva Lehrer, Amy Madden, Bert Menco, John Rush und Claire Van Vliet für ihre Kritik, Vorschläge und Freundschaft. Brandy Agerbeck und Kate Carr halfen mir beim Drucken. Außerdem möchte ich den Sammlern danken, deren Unterstützung es mir ermöglichte, das Buch zu beenden: Mary Jean und Cameron Thompson, Annette und Scott Turow, Drs. Robert und Barbara Kirschner, Dr. Andrew Griffin, Jerry und Carol Ginsberg, Renee Wallace, Hanna und Sidney Block und der Houghton Library an der Harvard University.

Und ein lautes, langes Danke geht an meine Familie, Patricia, Lawrence, Beth und Jonelle für ihre Liebe und Hilfe bei allem.

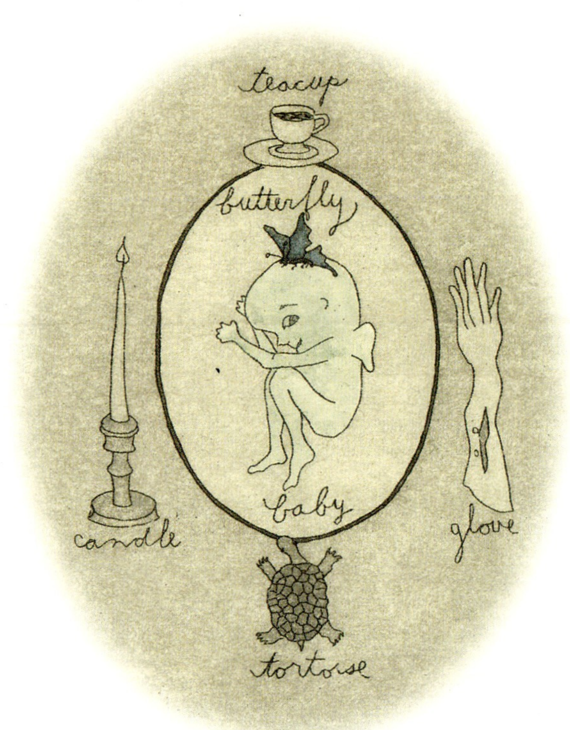
teacup
butterfly
candle
glove
baby
tortoise